孙子兵法

——第二十八册

上海人民美术出版社
浙江人民美术出版社

目　录

原文

　　孙子曰：凡处军、相敌，绝山依谷，视生处高，战隆无登，此处山之军也。绝水必远水；客绝水而来，勿迎之于水内，令半济而击之，利；欲战者，无附于水而迎客；视生处高，无迎水流，此处水上之军也。绝斥泽，惟亟去无留。若交军于斥泽之中，必依水草而背众树，此处斥泽之军也。平陆处易，而右背高，前死后生，此处平陆之军也。凡此四军之利，黄帝之所以胜四帝也。

　　凡军好高而恶下，贵阳而贱阴；养生而处实，军无百疾，是谓必胜。丘陵堤防，必处其阳而右背之。此兵之利，地之助也。

　　上雨，水沫至，止涉，待其定也。绝天涧、天井、天牢、天罗、天陷、天隙，必亟去之，勿近也。吾远之，敌近之；吾迎之，敌背之。军旁有险阻、潢井、葭苇、山林、翳荟者，必谨复索之，此伏奸之所处也。敌近而静者，恃其险也；远而挑战者，欲人之进也；其所居易者，利也。众树动者，来也；众草多障者，疑也。鸟起者，伏也；兽骇者，覆也。尘高而锐者，车来也；卑而广者，徒来也；散而条达者，薪来也；少而往来者，营军也。辞卑而益备者，进也；辞强而进驱者，退也。轻车先出居其侧者，陈也；无约而请和者，谋也；奔走而陈兵者，期也；半进半退者，诱也。杖而立者，饥也；汲役先饮者，渴也；见利而不进者，劳也。鸟集者，虚也；夜呼者，恐也；军扰者，将不重也；旌旗动者，乱也；吏怒者，倦也；粟马肉食，军无悬甑，不返其舍者，穷寇也。谆谆翕翕，徐言入入者，失众也；数赏者，窘也；数罚者，困也；先暴而后畏其众者，不精之至也。来委谢者，欲休息也。兵怒而相迎，久而不合，又不相去，必谨察之。

兵非多益，惟无武进，足以并力、料敌、取人而已。夫惟无虑而易敌者，必擒于人。

卒未亲附而罚之，则不服，不服则难用也；卒已亲附而罚不行，则不可用也。故合之以文，齐之以武，是谓必取。令素行以教其民，则民服；令素不行以教其民，则民不服；令素行者，与众相得也。

孙子说：在各种不同地形上处置军队和判断敌情时，应该注意，通过山地，必须靠近有水草的山谷，驻扎居高向阳的地方，敌人占领高地，不要仰攻。这是在山地上军队的处置。横渡江河，应远离水流驻扎；敌人渡水来战，不要在江河中迎击，等它渡过一半时再攻击，这样较为有利；如果要同敌人决战，不要紧靠水边列阵；在江河地带扎营，也要居高向阳，不要面迎水流，这是在江河地带上军队的处置。通过盐碱沼泽地带，要迅速离开，不要逗留；如果同敌军相遇于盐碱沼泽地带，那就必须靠近水草而背靠树林。这是在盐碱沼泽地带上军队的处置。在平原上应占领开阔地域，而主要翼侧要依托高地，前低后高。这是在平原地带上军队的处置。以上四种"处军"原则的好处，就是黄帝之所以能战胜其他四帝的原因。

大凡驻军总是喜欢干燥的高地，避开潮湿的洼地；重视向阳处，避开阴暗之地；靠近水草地区，军需供应充足，将士百病不生，这样就有了胜利的保证。在丘陵堤防行军，必须占领它向阳的一面，并把主要翼侧背靠着它。这些对于用兵有利的措施，是利用地形作为辅助条件的。

上游下雨，洪水突至，禁止徒涉，应等待水流稍平稳之后，通过"天涧"、"天井"、"天牢"、"天罗"、"天陷"、"天隙"，必须迅速离开，不要接近。我们应远离这种地形，让敌人去靠近它；我们应面向这种地形，而让敌人去背靠它。军队两旁遇到有险峻的隘路、湖沼、水网、芦苇、山林和草木茂盛的地方，必须谨慎地反复搜索，这些都是敌人可能隐伏奸细的地方。敌人逼近而安静的，是依仗它占领险要地形；敌人离我很远而来挑战的，是想诱我前进；敌人之所以驻扎在平坦地方，是因为对它有某种好处。许多树木摇动，是敌人荫蔽前来；草丛中有许多遮障物，是敌人布下的疑阵；群鸟惊飞，是下面有伏兵；野兽骇奔，是敌大举突袭；尘土高而尖，是敌人的战车驰来；尘土低而宽广，是敌人的步兵开来；尘土疏散飞扬，是敌人正在曳柴而走；尘土少而时起时落，是敌人正在扎营。敌人使者措词谦卑却又在加紧战备的，是准备进攻；措词强硬而军队又做出前进姿态的，是准备撤退；轻车先出动，部署在两翼的，是在布列阵势；敌人尚未受挫而来讲和的，是另有阴谋；敌人急速奔跑并排兵列阵的，是企图约期同我决战；敌人半进半退的，是企图引诱我军。敌兵倚着兵器而站立的，是饥饿的表现；供水兵打水自己先饮的，是干渴的表现；敌人见利而不进兵争夺的，是疲劳的表现；敌人营寨上集聚鸟雀的，下面是空营；敌人夜间惊叫的，是恐慌的表现；敌营惊扰纷乱的，是敌将没有威严的表现；旗帜摇动不整齐的，是敌人队伍已经混乱；敌人军官易怒的，是全军疲倦的表现；用粮食喂马，杀牲口吃肉，收拾起汲水器具，部队不返营舍的，是准备拼命突围的穷寇；低声下气同部下讲话的，是敌将失去人心；不断犒赏士卒的，是敌军没有办法；不断惩罚部属的，是敌人处境困难；先强暴然后又害怕部下的，是最不精明的将领；派来使者送礼言好的，是敌人想休兵息战；敌人逞怒同我对阵，但久不交锋又不撤退的，必须谨慎地观察它的企图。

打仗不在于兵力多就好，只要不轻敌冒进，并集中兵力、判明敌情，取得部下的信任和支持，也就足够了。那种既无深谋远虑而又轻敌的人，必定会被敌人所俘虏。

士卒还没有亲近依附就执行惩罚，那么他们会不服，不服就很难使用。士卒已经亲近依附，如果仍不执行军纪军法，也不能用来作战。所以要用怀柔宽仁的手段使他们思想统一，用军纪军法的手段使他们整齐一致，这样就必能取得部下的敬畏和拥戴。平素严格贯彻命令、管教士卒，士卒就能养成服从的习惯，平素从来不严格贯彻命令、管教士卒，士卒就会养成不服从的习惯。平时命令能贯彻执行的，这表明将帅同兵卒之间相处融洽。

内容提要

《行军篇》的主旨，主要体现在两个方面：一是"处军"，即军队在不同地形条件下如何行军作战和驻扎宿营；二是"相敌"，即怎样仔细观察和判断敌情。

孙子指出，凡行军作战，如何"处军"事关胜负大局，必须认真对待，妥善处置。其总的原则是：要善于利用有利的地形，避开不利的地形。为此，孙子详尽列举了山地、江河、沼泽、平原等四种地形下的不同的"处军"方法。并且进而把利用地形的基本特点归纳为"凡军好高而恶下，贵阳而贱阴，养生而处实"。这是孙子对前人和当时战争中如何利用地形的科学总结。

在"处军"得宜的前提下，孙子强调"相敌"的重要性。他主张仔细观察敌情，在对敌情做出缜密分析、判断基础上，采取正确的措施打击敌人。他从实战经验中概括出三十余种侦察判断敌情的方法，其要旨就是提倡透过现象看本质，体现了孙子兵学的朴素辩证特征。

孙子在本篇中还提出了一个重要的作战指导思想：主张"并力"（集中兵力），"料敌"（正确判断敌情），"取人"（争取人心），反对少谋无虑，轻敌冒进。在治军上，孙子提倡"合之以文，齐之以武"，赏罚并用，宽严结合，以实现"与众相得"（上下一致）的目的。

孙子兵法
SUN ZI BING FA

裘甫半济决壅击唐军

编文：良 军

绘画：黄镇中

原　文　绝水必远水；客绝水而来，勿迎之于水内，令半济而击之，利。

译　文　横渡江河，应远离水流驻扎；敌人渡水来战，不要在江河中迎击，等它渡过一半时再攻击，这样较为有利。

1. 唐宣宗中期，浙东地区爆发了以裘甫为首的农民起义。起初，义军只有数百人，他们屯粮积谷，制造武器，以图发展。

2. 到了唐懿宗咸通元年（公元860年）正月，浙东观察使郑祗德派讨击副使刘勍、副将范居植率军三百，配合台州官军企图一举扑灭义军。官兵与义军大战于天台县的桐柏观前。

3. 官兵大败，范居植战死，刘勋单身落荒而逃。

4. 裘甫乘胜率军攻占剡县（今浙江嵊县），开府库，募壮士，队伍发展
到数千人，声势大振。

5. 当时，唐官军在浙东的士卒不足三百人，因久不习战，兵器朽钝。郑祗德急忙招兵。由于招兵的官吏收受贿赂，所招新兵都是些年老羸弱、衣食缺乏的人。

6. 这年二月，郑祗德派小将沈君纵、副将张公署、望海镇将李珪，率领新兵五百余名，开赴剡县进攻义军。

7. 袁甫获悉官兵又来征讨，命令义军一部分在三溪（今浙江嵊县西南）南岸设伏，大队人马在三溪北侧列阵。

8. 又命一部分义军在三溪上流堵住水流，使人在下游可以涉水过溪。

9. 官兵一到，三溪北侧的义军就佯败后撤，诱敌追击。官兵果然中计，涉溪追击义军。

10. 当官军奔到三溪中间时，上流的义军突然决壅放水。

11. 溪水奔腾而下，官军进退不及，半数以上被淹死。

12. 隐伏在南岸的义军乘势杀出，会同佯败的义军，将刚上岸或待上岸的官兵全部歼灭；沈、张、李等三名唐将皆死。

13. 义军对百姓从不侵犯。百姓见义军获胜，献出猪羊肉、酒菜慰问义军；义军也将部分缴获的财物分送给百姓。

14. 不久，裘甫的义军发展成三万人，他自称天下都知兵马使，建元罗平，声震中原。

钱传瓘水战夺上流

编文：和　合

绘画：陈运星　唐淑芳
　　　陈　华　卢　远

原　文　视生处高，无迎水流，此处水上之军也。

译　文　在江河地带扎营，也要居高向阳，不要面迎水流，这是在江河地带上军队的处置。

1. 五代后梁贞明五年（公元919年）四月，后梁末帝朱瑱（原名朱友贞）颁诏给吴越王钱镠，命他发兵征讨淮南吴国。

2. 钱镠受命后，即令其子钱传瓘为诸军都指挥使，率领战船五百，从东洲（今江苏启东吕四镇一带）出海，然后再沿长江溯流而上，大举伐吴。

3. 吴国闻报，派遣舒州刺史彭彦章和裨将陈汾带领水军顺流东下，往拒吴越军。

4. 吴越国的战船进入长江以后，逆流而上。当时正值西风劲吹，航行十分困难。钱传瓘闻报吴国的船队顺水而来，立即传令各船备好石灰、豆粒、黄沙待用。

5. 两支水师在狼山（今江苏南通以南）以南的江面上相遇，随即展开战斗。

6. 两军船队稍一接战，钱传璙立刻传令己方船只转舵驶向两岸，让出中间水道。

7. 吴国战船不受任何阻拦，顺风、顺流而下，不一刻，已到了吴越国船队下方。

8. 吴将彭彦章站立主船指挥台上，大笑吴越水军胆怯，不战自逃。

9. 谁知彭彦章笑声未绝，吴越国的战船重又集结江中，排列成形，尾追而来。

10. 彭彦章见状，迅即指挥船队调头交战。这时，吴越水军占据了上风上流，形势对钱传瓘极为有利。

11. 钱传瓘一挥令旗，吴越水军立刻顺风扬灰，撒向敌船。

12. 霎时，吴船上灰雾弥漫，吴军将士有目难睁，有口难张，也有石灰飞入眼中吸入口里的，那更是涕泪交流，乱咳乱呛，吴军船上一片混乱。

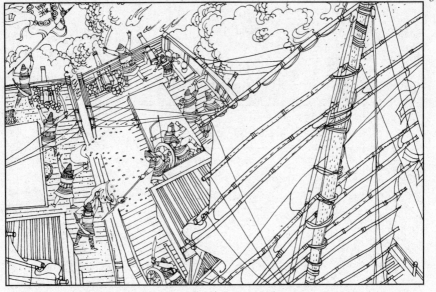

13. 等到风吹灰尽，两军船舷相接，钱传瓘又令士兵搬出黄沙、豆粒，散沙于己船，撒豆于敌船。

14. 一场接舷战开始了。吴军士兵踩着豆子作战，站立不稳，东倒西歪，战斗力大为削弱，有的中箭滑入江中，有的被长矛刺中倒在船边。

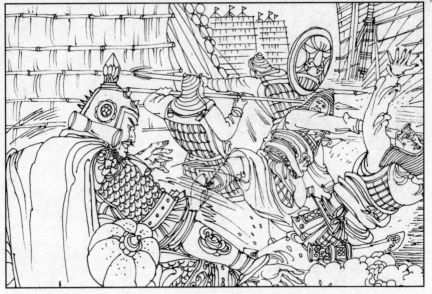

15. 豆粒浸上鲜血之后，更是滑溜异常，吴兵一踩即倒。相反，由于吴越军的船上铺了一层细沙，即使染上血污，也无妨碍。吴越士兵行走自如，越战越勇。

16. 彭彦章亲冒矢石，全力赴战。无奈吴军伤亡太大，士气不振，他只好下令所有战船撤到岸边再作计议。

17. 钱传瓘一见，不肯放过歼敌机会，急命士卒因风纵火，焚烧吴船。吴军大乱。

18. 彭彦章一面令人扑火救船，一面继续奋战。兵器没了，抓起木棒猛扫，身上受伤数十处，还忍痛坚持作战。

19. 火借风势，越烧越旺。吴军数百艘战船陷身火海。士卒纷纷跳水逃命。

20. 吴军裨将陈汾眼见彭彦章交战失利，竟然见死不救，顾自领兵回逃。

21. 彭彦章自知不能幸免，窘迫之下，只好自杀。裨将陈汾逃回后亦被吴人诛死。

22. 这一仗，钱传瓘率领的吴越水军大获全胜，共计焚毁敌船四百艘，俘获吴军裨将七十人，斩首千余级。若论获胜原因，自当首推巧妙地夺占上流。

战例 **庞师古洼地立营遭水淹**

编文：和 合

绘画：章毓霖 汤其珠

原　文　凡军好高而恶下。

译　文　大凡驻军总是喜欢干燥的高地，避开潮湿的洼地。

1. 唐朝末年，朝廷的统一集权已名存实亡，各地藩镇拥兵自立，互相攻伐，战乱不断。唐昭宗乾宁四年（公元897年）九月，汴州刺史、宣武节度使朱全忠大举兴师，往讨据有淮南的杨行密。

2. 朱全忠命徐州兵马留后庞师古率兵七万，进屯清口（今江苏淮阴西南），攻打扬州；命兖州留后葛从周率兵屯驻安丰（今安徽寿县西南），进攻寿州（今安徽寿县）；朱全忠自率大军屯驻宿州（今安徽宿县南）。

3. 朱全忠的汴州军马三路南下，声势浩大，淮南节度使杨行密得报，大为震恐。

4. 杨行密与朱瑾率军三万到了楚州（今江苏淮安），又汇合了从涟水（今江苏涟水）引兵而来的张训部，共拒汴州军。

5. 庞师古率汴州军在清口扎下大营。由于营地地势低下，有部下认为军队不宜在洼地扎营，建议迁往别处。庞师古根本听不进去。

6.庞师古自以为兵多势众，有轻敌之意，经常找来部将弈棋消遣。

7. 淮南军将领朱瑾率兵在淮河上堵水截流，准备水淹清口汴州军。

8. 此事为庞师古的士卒探知，报告庞师古。庞师古竟认为这是谣言惑众，动摇军心，下令把那士兵给杀了。

9. 淮南军做好了一切准备。十一月的一天，朱瑾等将率领五千骑兵偷渡淮河，打着汴州军旗号，身穿汴州军服饰，奔向庞师古所在营地。

10. 到了庞师古所部中军寨前，淮南军前锋张训突然率骑兵越栅杀入。

11. 汴州军猝不及防，仓皇应战。淮南军骑兵往来冲杀，汴州军伤亡甚多。

12. 交战不久，淮南军截流蓄积的河水汹涌而下，直冲汴州军营地。

13. 淮南军骑兵迅即撤离战场。而汴州军惊慌失措，败逃不及，溺死无数。

14. 大水过后，汴州军营地已是一片狼藉。幸存的兵士在泥水中艰难跋涉。

15. 杨行密又亲率淮南大军渡过淮河，将这些已无多大还击能力的汴州军士卒杀死。

16. 与此同时，朱瑾等将率领的骑兵也拨转马头，夹击那些逃出泥淖的汴州军。

17. 庞师古虽有亲兵保护，也不能幸免，终被淮南军斩杀。

18. 葛从周部听说庞师古兵败身亡，急忙引军撤退。杨行密、朱瑾率淮南军乘胜追击，汴州军在淠水（今安徽合肥西）半渡时被淮南军击败，葛从周仅以身免。朱全忠得知三路大军已失去二路，只好引军奔回。

周亚夫绕道避险地

编文：晓　基

绘画：钱定华　水南霞

原　文　绝天涧、天井、天牢、天罗、天陷、天隙，必亟去之，勿近也。

译　文　通过"天涧"、"天井"、"天牢"、"天罗"、"天陷"、"天隙"，必须迅速离开，不要接近。

1. 西汉景帝即位后，任晁错为御史大夫。晁错主张逐步削弱诸侯力量来巩固中央集权。吴、楚等七个诸侯国以"诛晁错清君侧"为名，发动了武装叛乱。

2. 汉景帝三年（公元前154年）初，景帝任命周亚夫为太尉，统领三十六名将军前去平定反叛的诸侯国：吴、楚。

3. 周亚夫率军从长安出发，准备到荥阳（今河南荥阳东北）会集大军。至长安城郊霸上（今陕西西安东）时，属下赵涉拦住了周亚夫的车子。

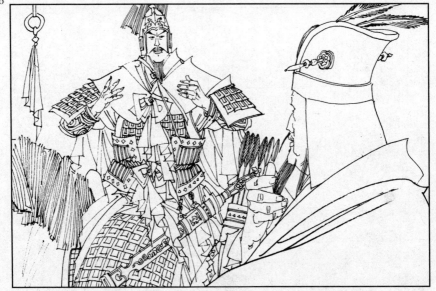

4. 赵涉道：“吴王国库充实，长期以来网罗了一大批敢死的武士。这次他知道将军东征，就必然会在殽山（今河南洛宁西北）、渑池（今河南渑池西）之间的狭隘险道上设下伏兵。”

5. 赵涉还建议："行军以秘密为上，将军何不率军往右去，走蓝田（今陕西蓝田东）、出武关（今陕西商洛西南）、抵洛阳，给诸侯国一个措手不及。"

6. 周亚夫觉得赵涉所言极是，便接受了他的建议，避开了吴军可能设伏的崤、渑险地而行。

7. 汉军走蓝田、出武关，虽然多走了两天，但一路平安，未遇任何拦阻，便顺利抵达洛阳，打破了七国叛军在洛阳会师的计划。

8. 周亚夫率大军抵达洛阳后，完全控制了荥阳和荥阳以东地区。他安顿了兵马，派兵去搜查殽山、渑池之间的夹道。

9. 果然，从崤山、渑池抓回来不少吴国的伏兵。于是，周亚夫请赵涉为护军。

10. 接着，周亚夫向东北进军昌邑（今山东金乡西北）、下邑（今安徽砀山东）一带，修建营垒；并派弓高侯等将带领轻骑到淮泗口（今江苏洪泽西），截断吴楚联军的粮道。

11. 吴楚军久攻梁王据守的睢阳不下，又移兵进攻下邑，企图孤注一掷，与汉军主力决战，周亚夫严令"坚壁不战"。

12. 数天后，吴楚军粮食不继，士兵饥饿，多次挑战，周亚夫始终不予
应战。他对部将解释说："如今吴楚与其余五国之军的会师要道，已被
我切断，吴楚军进退两难，待其顿兵挫锐，然后乘其疲困而击之，就有
全胜把握。"

13. 又继续相持了几天，吴楚联军粮食用尽，饥疲不堪，士兵散乱，于是被迫撤军。

14. 周亚夫立即派精锐兵马追击，大败吴楚联军。吴王刘濞乘夜逃跑，楚王刘戊被迫自杀。这一仗，为最后平息七国诸侯叛乱起了决定性作用。

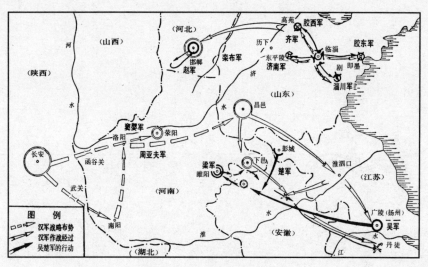

周亚夫击吴楚联军示意图

孙 子 兵 法
SUN ZI BING FA

战 例　**夏侯惇大意中伏击**

编文：汤　洵

绘画：徐有武　王　竑　李　玉

原　文　军旁有险阻、潢井、葭苇、山林、翳荟者，必谨复索之，此伏奸之所处也。

译　文　军队两旁遇到有险峻的隘路、湖沼、水网、芦苇、山林和草木茂盛的地方，必须谨慎地反复搜索，这些都是敌人可能隐伏奸细的地方。

1. 汉献帝建安六年（公元201年）秋，曹操在汝南（今河南汝南东北）
打败刘备。刘军几乎全军覆没，刘备率残兵逃往荆州，依附刘表。

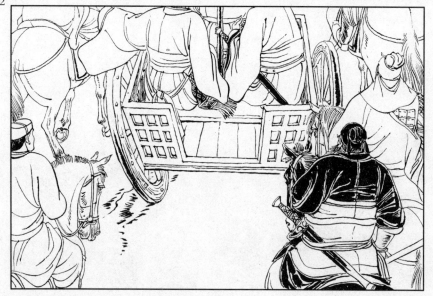

2. 刘表知刘备到来，亲自到城外迎接，待之如上宾，还让刘备在新野县（今河南新野）屯兵居住，不时前往刘备寓所叙旧、交谈。

3. 刘备礼贤下士，颇有声名。到荆州不久，荆州豪杰争相归附，兵力逐渐增强。

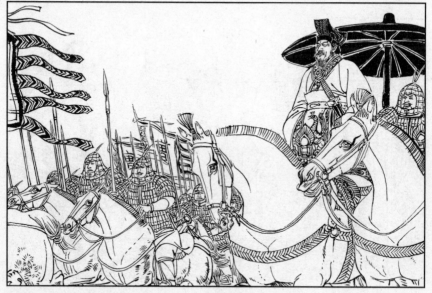

4. 刘备周围的荆州豪杰日益增多，使刘表颇为不安，于是他请刘备攻打曹操。刘备寄人篱下，只得率军北上。

5. 曹操得悉刘备率军来攻，即派夏侯惇、于禁等将领兵南下迎敌，在叶阳（今河南叶县）与刘备军相遇。

6. 两军还未交战，刘备就拔营南逃。夏侯惇领兵追击，直追到博望坡（今河南方城西南），刘备才停止南奔，并派少许人马向夏侯惇挑战。

7. 夏侯惇见刘备只派这一点兵将来阻拦自己数万大军，十分轻视，立即催军进击。刘军稍战即退，往博望坡深处逃去。

88

8. 夏侯惇下令追击。裨将李典提议说："刘备稍战即退，恐有伏兵。前面道路狭窄，树木茂密，不宜再追。"

9. 夏侯惇轻蔑地回答道："刘备依附他人，本来就兵微将寡。凭他这么一点兵力，即使十面埋伏我也不怕！追！"说罢，带头冲进博望坡。

10. 夏侯惇的队伍一进入狭谷，路小难行，速度顿时减缓。夏侯惇唯恐拖延时间贻误战机，让敌人逃脱，便命令士兵披荆斩棘，加速前进。

11. 正行间，忽听得一声炮响，见一支伏兵自山林处杀出。

12. 夏侯惇初听炮响，心中吃惊。继而一看，见刘备伏兵不仅数量有限，且多老弱，就指挥精兵迎上交战，没有多久，刘备伏兵即溃败四逃。

13. 夏侯惇见状，禁不住哈哈大笑起来，对身旁的将领道："所谓伏兵，不过如此！我们又何必惊慌惧怕！今晚若不打到新野，我决不收兵。"

94

14. 天色已渐渐转黑，风也越刮越大。夏侯惇部将李典、于禁走着走着，突然发现路的两面已全是芦苇，不觉心中大惊。

15. 二人慌忙赶到夏侯惇身前道："我军在这狭窄之处，路旁又尽是芦苇，若敌人采用火攻，在这月黑风大之际，我军岂不是极其危险？"

16. 夏侯惇此时猛然醒悟，忙传令部队急速后撤，但已为时太晚，只听得背后喊声大震，早望见芦苇上空一片火光。

17. 曹军人马，四处乱窜，有的被埋伏的刘军杀死，有的自相践踏而死。死伤不计其数。

18. 夏侯惇好不容易突出重围，清点人马，损失惨重，不得不率军返回许昌。

战 例 **郑庄公恃险挑进击北戎**

编文：王素一

绘画：陈运星 唐淑芳
　　　虹 虬 东 洋

原　文　敌近而静者，恃其险也；远而挑战者，欲人之进也；其所居易者，利也。

译　文　敌人逼近而安静的，是依仗它占领险要地形；敌人离我很远而来挑战的，是想诱我前进；敌人之所以驻扎在平坦地方，是因为对它有某种好处。

1. 春秋时，北戎（少数民族，居住在今山西一带）迅速崛起，他们骁勇善战，四出掠夺，所到之处，当地人受害不浅。

2. 鲁隐公九年（公元前714年）冬，北戎大举侵犯郑国，迅速南渡黄河，到达管城（今河南郑州）西面，距郑国都城新郑（今河南新郑）只一百里左右。

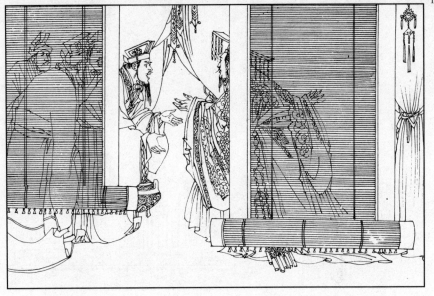

3. 北戎气焰嚣张，郑国上下震动。郑庄公决定亲自率兵抗击。

4. 交战前，庄公对文武大臣说："北戎善步战，我军善车战，如今北戎占据有利地形，我军战车无用武之地，寡人又深恐北戎偷袭我战车，当如何用兵？"

5. 将佐们众说纷纭，莫衷一是。庄公次子、对北戎特性颇为了解的公子突提议说："我有个退兵之计……"

6. 郑庄公听了公子突的分析和计策，十分赞许，同意按计迎战。

7. 于是，郑国便派出一批勇敢而听指挥的勇士为先锋，不乘战车，徒步向北戎挑战。北戎依山扎营，能攻能守。郑军逼近北戎营寨，百般辱骂。

8. 北戎前军大怒，终于按捺不住，挥师出战，但郑军并不恋战，边打边撤，并故意丢弃一些财物。

9. 北戎性情浮躁，作战不讲阵式与谋略，贪婪而不相互救援。前部戎人见初战告捷便穷追不舍，见到财物就争夺。

10. 此时，郑庄公按公子突计策已设下三处伏兵，以逸待劳，等待前部戎军入网。

11. 北戎军前部进入了伏击圈，忽听郑军中一阵鼓响，伏兵四起，戎军拼死冲杀，死伤无数。

12. 第二批主力戎军继续冲击，又遇到第二路伏兵，战斗异常激烈。

13. 冲在前面的北戎主力遇到了郑国第三路伏兵。此处地势平坦，郑国的兵车列阵以待。北戎步兵很快被披坚执锐、横冲直撞的车兵围住，方知身陷绝境，便拼命夺路奔逃。

14. 统帅伏兵的郑大夫祝聃领兵追击，北戎后军却只管抢掠财物，不相救援。

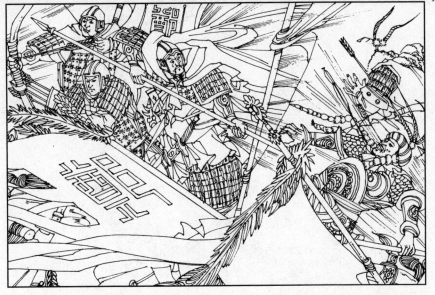

15. 不多时，郑军便把戎军截成两段。冲入郑军伏击区的北戎军遭到郑军的分隔夹击，全部被歼。

16. 北戎后部见前军被歼，慌忙奔逃退走。

17. 郑军见北戎残部逃奔进山，并不追赶，胜利班师。

18. 这一仗靠的是公子突的计谋——诱使敌人离开险要地形，轻兵出战。郑庄公于是大开庆功宴，重赏公子突和有功将领。公子突就是以后继位的郑厉公。

战 例 # 赵元昊卑辞诱进击契丹

编文：杨坚康

绘画：陈运星 唐淑芳 闽 江

原　文　辞卑而益备者，进也。

译　文　敌人使者措词谦卑却又在加紧战备的，是准备进攻。

1. 赵元昊（又名李元昊）于北宋仁宗宝元元年（公元1038年）十月，自
称大夏（史称西夏）国主。此后，不断招纳人才，兼并邻近部落，积极
扩展领地。

2. 北宋庆历四年（公元1044年），辽（原称契丹，公元947年改称辽）夹山部落八百户叛辽归西夏。辽主耶律宗真派使到西夏，责令赵元昊归还，赵元昊拒不遣还。

3. 辽主大怒，即命天齐王耶律重元率骑兵七千，韩国王萧惠率兵六万，从南北两路夹攻西夏。

4. 辽主亲率大军十万，出金肃城（今内蒙古准格尔旗西北）从中路出击。三路大军，分头渡过黄河，进入夏境。

5. 赵元昊见辽兵来势凶猛，先率兵迎战萧惠的北路军。两军在贺兰山（在今宁夏西北与内蒙古接壤处）大战，西夏军接连数仗，都遭到失败。

6. 西夏军败退，辽军紧追，追赶四百余里。赵元昊见力战已难取胜，遂派使者送"请和书"至萧惠大营，请求议和。

7. 又命军队带走所有粮食，放火烧掉周围的牧草，继续退军十余里。

8. 萧惠接到书信，见赵元昊言辞谦卑："夏兵接连数败，已无力再战，请求韩国王同意罢战议和。"萧惠阅后仰面大笑。然后沉下脸对使者说："今日才来求和，太迟了。"

9. 萧惠当即率军直扑西夏大营，只见人去营空，到处都是烟雾，急令士兵再追。

10. 赵元昊见辽兵追来，又退十余里，仍像前次一样，在原驻地不留一粒粮食，一束牧草。

11. 如此数次，西夏又退后百余里。辽兵一路追来，人缺粮，马无食，饥疲不堪。

12. 萧惠正想引兵退还时，西夏兵突然像浪潮一样袭来。

13. 辽军无力再战，很快被西夏军击败。

14. 赵元昊乘胜再袭中路辽军，又击败辽主所率的大军，耶律宗真仅率数骑逃走。

战 例　　**陆逊欲退先攻不失一兵**

编文：汤　洵

绘画：翁家澎　金　戈　赵　梓

原 文　辞强而进驱者，退也。

译 文　措词强硬而军队又做出前进姿态的，是准备撤退。

1. 东吴嘉禾三年（公元234年）初，西蜀诸葛亮在准备第五次进军祁山
攻魏之前，曾派人去东吴联合孙权同时攻魏。五月，吴主孙权应约派荆
州牧陆逊、大将军诸葛瑾率水兵万余向襄阳进攻。

2. 孙权亲率十万大军向合肥新城（今安徽合肥西北）进攻，驻水军于合肥南边的巢湖口。

3. 魏明帝曹叡为了对付吴、蜀的大举进攻，采取东攻西守的方针，亲自率大军赴合肥迎战吴军主力。

4. 七月，魏军突然来到合肥南边的巢湖口。孙权没有料到曹叡亲率主力来围攻合肥，仓促迎战。魏将满宠火烧吴军战船、攻具，射死东吴大将孙泰，吴军大败。

5. 陆逊得悉合肥兵败的消息，当即派韩扁给孙权送信，请孙权指示。韩扁在途中却被魏军抓获。

6. 与陆逊同赴襄阳的诸葛瑾，途中听说孙权已退兵，陆逊的信使被魏逮住，十分吃惊。因船队与陆逊有一段距离，急忙派人致信于陆逊，建议撤军回去。

7. 陆逊接读诸葛瑾的信后，不作答复，却派士兵在沿岸种菜种豆，自己仍与部将弈棋，从容自在。

8. 信使回报诸葛瑾。诸葛瑾虽然知道陆逊具有智谋，一定胸有成竹，但终究形势紧张，放心不下。于是就亲自到陆逊的战船来见陆逊。

9. 诸葛瑾问道："今主公已经撤军，敌军截获了韩扁，必将全力来对付我们。不知将军有何妙策？"

10. 陆逊说："我给主公的信已被魏军截获，我军的计划已完全暴露。敌军必然做好充分准备，如果我军出战，未必能胜。你提议撤军回去，是对的。"

11. 诸葛瑾又追问："既有意撤兵，就应尽快动身，为何又按兵不动？"

12. 陆逊笑笑道：·"现在敌强我弱，不应该说退就退，否则，敌人以为我们怕他，乘机袭杀，我军必将遭到惨败。你可秘密组织舟船后退，我则……"说到此，就在诸葛瑾耳边轻声地低语了一番。

13. 诸葛瑾告辞后，陆逊就从容地集合军队离船上岸，向襄阳进发，扬言定要攻克襄阳城。

14. 魏军素知陆逊足智多谋、英勇善战，现听说他已调集人马向襄阳进发，立即集中兵力，准备在襄阳城外迎战。

15. 魏军中有一些将领怀疑陆逊是否真的敢于向襄阳进攻。但不久前哨探回来报告：陆逊令部队在营外种菜种豆，毫无撤军回国之意。也就相信他这次进攻并非虚张声势。

16. 正当魏军集中在襄阳准备迎敌时，陆逊军至半途，突然下令后队改前队，悄悄向诸葛瑾水军驻地撤退。

17. 陆逊部队到达诸葛瑾驻地，诸葛瑾军已按陆逊指示准备好船只，陆逊令部队登船后，船队迅速安全地驶返江东。

18. 魏军发觉上当，派部队追击时，陆逊已安全撤军远去，不失一兵一卒。魏军只能眼望着那一片平静而浩淼的江面叹服陆逊欲退先攻的妙计。